(Conserver la couverture)

LA
MÈRE CADICHON

ET SES QUATRE ENFANTS

PAR

G. GAULARD

CONTE

ILLUSTRÉ DE 16 COMPOSITIONS DESSINÉES PAR L'AUTEUR

ET IMPRIMÉES EN COULEUR

PARIS

LIBRAIRIE FURNE

JOUVET ET Cⁱᵉ, ÉDITEURS

5, RUE PALATINE, 5

M DCCC LXXXVIII

LA MÈRE CADICHON ET SES QUATRE ENFANTS

La mère Cadichon était une malheureuse ânesse qui était restée veuve avec ses quatre ânons.

La pauvre vieille était souvent bien en peine. Quant aux enfants, tout jeunes encore, ils s'occupaient surtout à se battre et à se déchirer.

La mère Cadichon, elle, passait son temps à laver et à raccommoder.

Ils étaient quatre : Manette et Moutonnette, qui étaient deux ânesses, et Moutonnet et Tonton, qui étaient deux ânons, ce qui est souvent un peu la même chose que deux garçons.

Moutonnette était la plus jolie des enfants de la mère Cadichon.

Elle était blanche, avec un air doux et modeste qui la fit remarquer par les maîtres d'un château voisin.

Ils l'achetèrent à son maître un bon prix.

Quand le brave homme alla toucher son argent, tout ému de posséder

une aussi grosse somme, il embrassa de toutes ses forces la mère Cadichon.

Moutonnette bien harnachée et bien bridée fut chargée de promener les enfants dans le parc en compagnie d'un gros chien, qui aboyait toujours après elle, ce dont elle paraissait se soucier fort peu.

Toujours docile, elle devint promptement l'amie des enfants et vécut heureuse et choyée de tous.

Manette, plus lourde de formes, moins coquette, moins soignée,

fut destinée par le jardinier à aider la mère Cadichon. Elle devait aussi la remplacer quand la vieillesse aurait triomphé des forces de la bonne bête.

Comme Moutonnette, elle s'acquitta toujours de sa tâche avec zèle et patience. On pouvait seulement lui reprocher une trop grande tendance à manger des salades, quand elle passait le long des allées.

Mais chacun de nous a ses défauts, et si chacun de nous n'en avait

pas de plus grands, la terre serait un vrai paradis pour les parents et pour les enfants, ce qui n'est pas, du moins pour le moment.

Les deux filles étant ainsi casées, il ne nous reste donc plus à parler que des bourriquets qui donnèrent beaucoup de mal à leur mère, comme les garçons qui vont au collège n'y apprennent rien, se battent et déchirent leurs pantalons.

Les deux garçons aux quatre pieds, comme nous l'avons dit, s'appelaient Moutonnet et Tonton : Tonton, qui était l'aîné, était un gros

étourdi, bien réjoui et bien gras, dont on ne put jamais rien faire de sérieux.

Si on l'attelait, il s'en allait bayant aux corneilles et versait la voiture dans un fossé.

Si l'on montait sur son dos, il s'en allait du même pied, et, voyant un camarade attelé sur la route, allait lier conversation avec lui, sans se préoccuper de barrer le chemin et d'attirer des injures à son maître.

Un jour même, en rentrant, il fila tout droit dans son écurie sans

attendre d'être dételé, et brisa les deux roues contre le chambranle de
la porte, sans seulement s'en apercevoir.

Le jardinier résolut de se défaire d'un animal vraiment trop distrait
pour son service.

Un jeune savant qui demeurait dans le village, et qui cherchait une
monture douce et sûre, s'arrangea de prix pour acquérir Tonton et
en devint propriétaire.

Il devint même son ami.

Les deux natures sympathisaient. Il y a comme cela de ces rencontres dans la vie qui engendrent des amitiés basées sur la ressemblance et qui durent jusqu'au tombeau.

C'est ce qui arriva pour cet excellent Tonton et son nouveau maître.

Tonton était distrait, le savant bien davantage. Souvent ils s'arrêtaient en contemplation devant une araignée qui faisait sa toile, et ne s'éloignaient que lorsqu'ils avaient vu prendre une mouche,

ce qui n'arrivait quelquefois qu'au bout de deux ou trois heures d'observation.

Le savant regardait avec de gros yeux, Tonton aussi, et ils s'en allaient ensuite déjeuner contents.

Le savant avait commencé un livre dans lequel il comparait les araignées et les mouches aux hommes et aux femmes, et il partait souvent le long des chemins composant un chapitre. Tonton avait l'air d'en composer la moitié, tant il marchait d'un pas grave et réfléchi.

Tout cela finissait dans quelque fossé où Tonton menait son maître sans s'en douter.

Mais ni l'un ni l'autre ne se fâchait. Ils savaient que c'était le résultat inévitable de leur distraction, se secouaient un peu, remontaient tranquillement l'un sur l'autre et rentraient prendre leur repas.

Cette similitude de goûts et cette philosophie assurèrent à Tonton et à son maître de longs jours de bonheur, qu'ils passèrent ensemble.

Disons ce que devint Moutonnet, petit âne noir et méchant, tout

le portrait de feu Cadichon son père, l'héritier aussi de ses défauts.

Tout jeune, il fit preuve d'un détestable caractère. Il mordait ses frères et ses sœurs, et faisait mille tours méchants. Il fallut souvent la ferme autorité de la mère Cadichon, le père ne s'étant jamais occupé de sa progéniture, pour ramener la paix que Moutonnet seul, d'ailleurs, avait troublée.

Il n'épargnait même pas sa mère dans ses plaisanteries malignes et irrespectueuses, et, presque toujours, il faisait servir cette grosse bête

de Tonton à l'exécution de ses projets, sans que l'autre s'en doutât.

Ainsi, un jour que la mère Cadichon lisait son feuilleton dans le jardin, Moutonnet plaça Tonton sur son passage, le dos tourné, avec un balai dans les dents. Il lui avait dit : « Regarde bien devant toi, ne bouge pas et avant cinq minutes, tu verras quelque chose de drôle. »

Ce que fit gravement Tonton, qui vit bientôt trébucher la mère Cadichon dans son balai, et non seulement il vit ainsi quelque chose de drôle, mais il sentit quelque chose qui ne l'était pas, car la mère Cadichon lui

cassa le balai sur les côtes tandis que Moutonnet se tordait de rire, à distance de ses deux victimes.

D'autres fois il retirait la bonde du tonneau que la mère Cadichon devait remplir au manège, ce qui fait que la bonne dame, qui au fond n'était pas très maligne, tournait souvent une heure sans obtenir de résultat.

Mais tout a une fin, surtout le mal, et un jour que Moutonnet s'était attaqué à l'autorité, son maître résolut de se débarrasser de lui.

Il fut vendu à un marchand de charbon très noir, et par conséquent très méchant. Séparé de ses frères et sœurs, mal nourri, mal harnaché, souvent battu, il eut le loisir, en tirant sa lourde voiture, de regretter la maison paternelle et peut-être aussi de se repentir de sa méchanceté envers ceux qui l'entouraient.

Il ne se corrigea pas, paraît-il; aussi, traité de plus en plus durement, il périt un jour, écrasé sous une charge trop lourde.